Une fourchette dans les pattes

" 2010 "

" Joyeux Noël "

ELISE

Mamie Lise

xxx

Catalogage avant publication de Bibliothèque et Archives nationales du Québec et Bibliothèque et Archives Canada

Vézina, Marie-Hélène

    Une fourchette dans les pattes

    (Série La fée Bidule)
    (Rire aux étoiles; 10)
    Pour les jeunes de 7 ans et plus.

    ISBN 978-2-89591-095-4

    I. St-Aubin, Bruno. II. Titre. III. Collection: Vézina, Marie-Hélène. Série La fée Bidule. IV. Collection: Rire aux étoiles; 10.

PS8643.E94F68 2010   jC843'.6   C2010-940286-3
PS9643.E94F68 2010

Correction et révision: Annie Pronovost

Tous droits réservés
Dépôts légaux: 1er trimestre 2010
Bibliothèque et Archives nationales du Québec
Bibliothèque et Archives Canada
ISBN 978-2-89591-095-4

© 2010 Les éditions FouLire inc.
4339, rue des Bécassines
Québec (Québec) G1G 1V5
CANADA
Téléphone: 418 628-4029
Sans frais depuis l'Amérique du Nord: 1 877 628-4029
Télécopie: 418 628-4801
info@foulire.com

Les éditions FouLire reconnaissent l'aide financière du gouvernement du Canada par l'entremise du Programme d'aide au développement de l'industrie de l'édition (PADIÉ) pour leurs activités d'édition. Elles remercient la Société de développement des entreprises culturelles du Québec (SODEC) pour son aide à l'édition et à la promotion.

Gouvernement du Québec – Programme de crédit d'impôt pour l'édition de livres – gestion SODEC.

Les éditions FouLire remercient également le Conseil des Arts du Canada de l'aide accordée à leur programme de publication.

IMPRIMÉ AU CANADA/PRINTED IN CANADA

SÉRIE LA FÉE BIDULE

MARIE-HÉLÈNE VÉZINA

Une fourchette dans les pattes

Illustrations
Bruno St-Aubin

RIRE AUX ÉTOILES

À ma mère

Avant de commencer...

Jeunes lecteurs et lectrices, il est l'heure!

Si les fourchettes ne vous font pas peur, si vous buvez du lait dans un verre et dormez les yeux fermés, alors cette histoire est pour vous!

Voici une cinquième aventure de la fée Bidule. Hourra, youpi, bibelidou!

Pour mettre du bibelidou dans votre lecture, lisez mes commentaires d'auteure, qui se trouvent entre les plumes de perroquet.

Et surtout, n'oubliez pas: une fourchette dans les pattes vaut mieux qu'une cuillère dans l'œil!

CHAPITRE 1

Mission Perroquet

Nous sommes présentement à Fourbiville. En réalité, dans la rue Trucmuche. Plus précisément, dans le salon de la fée Bidule, qui, elle, se berce dans son hamac en écoutant sa musique préférée…

– Aaaaaaaaaaah ! Quel bonheur de se détendre un peu, n'est-ce pas, Monsieur Perroquet ?

Pour toute réponse, Bidule entend un puissant ronflement. L'oiseau s'est endormi sur son perchoir, le journal sur la tête. Pour camoufler le bruit, Bidule monte le volume de la radio.

– Vous êtes à l'antenne de Radio-
Fée, la radio des fées de quartier ! Petite
annonce importante : nous rappelons
à toutes les fées qu'elles ont jusqu'à
aujourd'hui 17 h 03 pour s'inscrire au
concours « Doigts de fée ». Le thème de
cette 13e édition est *Fée-moi une œuvre
d'art*. Le dévoilement de la gagnante
se fera lors d'une grande fête au parc
Montplaisir, le 3 juillet prochain. Bonne
chance à toutes !

Au même instant, l'horloge-coucou-
dring-dring-tic-tac modifiée sonne :

– Coucou, dring dring, tic tac ! Il est
16 h 43 ! Coucou, dring dring, tic tac ! Il
est 16 h 43 !

La voix aiguë du coucou réveille
brusquement Monsieur Perroquet.

– Rrrah, silence, coucou, coin-coin, coquin! crie l'oiseau apeuré en prenant son envol.

À son tour, Bidule sursaute. Elle se redresse rapidement et... TOURNICO-BOUM! Le hamac chavire et la jette à terre.

– Bibelidou! Mon bulletin de partici-pation! s'exclame-t-elle en se relevant. J'ai oublié de le remplir! Vite, Monsieur Perroquet, donnez-moi le journal!

Elle essaie d'attraper son assistant, qui zigzague dans la pièce sans rien y voir.

– Arrrrière, coquin, ou j'appelle la cavalerie, l'animalerie et mon pouding au riz!

Soudain... FRACABOUM! L'oiseau entre en collision avec le lustre du plafond. Heureusement, le hamac situé juste en dessous amortit sa chute.

– Rrrah, où suis-je ? Qui suis-je ? Est-ce qu'on *snacke* dans le hamac ?

Bidule s'empare du journal et remplit le coupon en vitesse. Puis, elle court à son atelier et revient, trois minutes et quart plus tard.

– Cher ami, le temps presse, dit-elle en posant un bidule sur la tête de son assistant. Vous serez mon perroquet voyageur ! Votre mission : aller porter mon coupon à la station de radio avant 17 h 03.

– Rrrah, quoi ? Votre poupon voyageur ?

– Grâce à mon chapeau-tuyau-détecto-allô-allô modifié, vous n'aurez qu'à vous laisser guider par la voix qui sortira du tuyau.

Elle roule le coupon de participation et le fixe à une patte de l'oiseau.

– Et maintenant, bon vol ! lui souhaite-t-elle en ouvrant la porte et en le propulsant comme un frisbee rouge.

La fée regarde l'heure : 16 h 53. Monsieur Perroquet arrivera-t-il à temps ? Il le faut, car Bidule a toujours été la grande gagnante de ce concours et elle n'a pas l'intention de manquer la 13e édition. Remplie d'espoir, elle fonce vers son atelier pour créer son œuvre d'art.

* * *

Après une inspirante danse du bibelidou, Bidule travaille avec entrain. Soudain, le dong-ding de la porte l'interrompt. C'est Farina, la fille du propriétaire.

– Bonjour, fée Bidule ! lance gaiement la fillette.

– Farina, quelle belle visite !

– Je suis venue vous aider pour le concours.

– Comme chaque année, répond la fée, ravie. Entrez !

Dans l'atelier, Farina écarquille les yeux de surprise. Il y a des objets partout et en grande quantité.

– Ma mère n'accepterait jamais que ma chambre soit si en désordre ! s'exclame-t-elle, admirative.

– Merci du compliment, déclare la fée, fière de son fouillis.

Bidule explique son idée d'œuvre d'art à son amie.

– Je vais créer un bidule qui rendra les gens heureux et mettra du bibelidou dans leur vie ! annonce-t-elle en papillotant des yeux.

Farina s'affaire à trouver tous les objets que la fée lui demande : cravate à bouton, pince à chignon, filet à papillons. La fillette s'amuse tellement qu'elle ne voit pas le temps passer.

– Coucou, dring dring, tic tac ! Il est 20 h 13 ! annonce encore l'horloge.

– Farina, vous devez rentrer, lui dit Bidule. Monsieur Perroquet va vous raccompa...

Choc, stupeur et surprise ! Bidule s'aperçoit tout à coup que son assistant n'est pas revenu de sa mission à la station de radio. ✄ Attention : trop travailler peut vous faire oublier des choses importantes, comme vous laver ou vous occuper de vos amis. ✄

– Bibelidou !!! Où est passé Monsieur Perroquet ? Il est parti depuis plus de trois heures et quart !

CHAPITRE 2
Les fourchettes ne sont pas toutes dans les cuisines

Nous sommes présentement dans la rue Trucmuche. En réalité, devant la porte de l'appartement numéro treize et demi. En fait, dans l'entrée, où se trouve la fée Bidule, qui, elle, a le moral aussi bas que le plancher sur lequel elle est étendue...

Farina arrive au petit matin. Elle trouve son amie fée endormie sur le sol. Dans sa main droite, Bidule tient une feuille avec la photo imprimée de son oiseau. La fillette, inquiète, s'approche doucement.

– Fée Bidule, c'est moi, Farina. Est-ce que Monsieur Perroquet est revenu?

La fée ouvre un œil.

– Hélas, non! répond-elle tristement, en montrant sa feuille à Farina. J'ai passé la nuit à poser 333 affiches comme celle-ci dans tout Fourbiville. Sur les poteaux, les autos et les bungalows. J'ai le moral à zéro.

– Il a peut-être fait une fugue? propose Farina.

– Une FUGUE? répète Bidule, le regard affolé. Chaque fois que vous voyez un mot en majuscules, lisez-le d'une voix forte et exclamative. Si vous lisez dans votre tête, écarquillez simplement les yeux.

– Moi, j'ai fait une fugue l'année dernière, parce que mes parents refusaient que je mange mon pâté chinois avec du sirop d'érable.

– Bibelidou!

Farina poursuit ses hypothèses.

– Peut-être aussi qu'il a été enlevé par des extraterrestres. Ou dévoré par des lutins carnivores. Ou transformé en plumeau biodégradable…

Bidule n'écoute plus. Elle fonce à son atelier et revient avec un nouveau bidule : la casserole-boussole-attrape-perroquet-myope-yop-yop modifiée. Devant le visage interrogateur de Farina, Bidule déclare :

– Si c'est une question de vie ou de disparition, poussez-vous, je passe à l'action !

* * *

Après trois heures et quart de fouille intensive dans les rues du quartier, Bidule et Farina rentrent bredouilles.

– Je crois que mon bidule a besoin d'un petit ajustement ! soupire la fée.

En effet, le sac de Bidule déborde d'objets divers recueillis par la casserole-boussole : moineaux de badminton, canards en plastique et sandwichs au poulet. Mais aucun perroquet à lunettes.

– Vous pourrez utiliser ces objets pour votre œuvre d'art, l'encourage la fillette.

Les deux amies se dirigent vers l'appartement de Bidule. Une grosse boîte les attend au pied de l'escalier. Le mot «fragile» est imprimé sur le côté. Étrange. Bidule s'approche et pousse un cri de frayeur. Elle devient pâle comme du lait 2% : une de ses affiches avec la photo de son oiseau se trouve sur le dessus du paquet! Farina voit aussi la photo. Il n'en faut pas plus pour que la roulette de son imagination farfelue se remette à tourner.

– Ce sont peut-être les extra-terrestres qui retournent Monsieur Perroquet en pièces détachées? Ou les lutins aux dents pointues qui vont nous dévorer les coudes?

Bidule est épouvantée par les idées de la jeune fille, mais... SI C'ÉTAIT VRAI?

– Vite, Farina, aidez-moi à pousser le colis à l'intérieur!

Malgré sa taille volumineuse, la boîte est légère et se déplace facilement. Bidule l'ouvre avec précaution. Surprise! À l'intérieur se trouve une boîte plus petite. Et dans cette dernière, Bidule découvre... une autre boîte! Le même

manège se répète une fois de plus. Finalement, Bidule tient dans sa main un paquet gros comme… sa main.

– Bibelidou, mais qu'est-ce que cela signifie ? demande-t-elle, intriguée et soulagée que son oiseau ne soit pas caché dans le colis.

Le petit paquet renferme une cassette audio. Bidule glisse la cassette dans son magnétophone. Une voix nasillarde commence à parler :

– Chère Bidule, ne cherche plus ton oiseau, il est avec moi. Je le garde quelques jours, le temps qu'il

me révèle tes petits secrets pour le concours...

Soudain, des cris stridents éclatent:

– Au secourrrs, ma petite fée dodue! Où es-tu, que fais-tu, je ne t'entends plus!

– Si tu veux revoir ton oiseau avec toutes ses plumes, reprend la voix, je te conseille de laisser tomber le concours. Cette année, C'EST MOI QUI SERAI LA GRANDE GAGNANTE, HA, HA, HA!!!

Après une courte pause, une voix automatisée annonce:

– Attention, cette cassette se transformera en fourchette dans les trois prochaines secondes et quart.

Bidule retire la cassette sans attendre. Elle a juste le temps de la lancer sur le hamac... SLINGPOUF! Une fumée blanche s'en échappe et une fourchette apparaît.

– Wow! Vous avez vu ça? s'exclame Farina, stupéfaite.

La fée scrute l'ustensile comme s'il s'agissait d'une boule de cristal.

– Bibelidou!!! C'est Fourchette! s'écrie-t-elle soudain.

– On dit: c'est **une** fourchette, corrige la fillette.

– Non... euh... oui, enfin, je veux dire... la voix, c'est celle de la fée Fourchette.

– La fée Fourchette? interroge Farina.

– Nous avons déjà suivi des cours de cuisine ensemble, chuchote la fée, comme si elle avait peur d'être entendue.

D'un air mystérieux, Bidule ouvre le tiroir d'une commode. Elle en sort la photo d'une femme grande et maigre, les cheveux tirés en chignon. Dans sa main droite, la femme tient une assiette où trône une énorme pointe de tarte qu'elle s'apprête à déguster avec sa main gauche, qui est en fait... une fourchette!

– Son vrai nom est Gustavine Élaspoutine, explique Bidule. On raconte que la pauvre femme a été traumatisée dans sa jeunesse par une pénurie d'ustensiles qui a sévi dans son village. Elle a dû manger avec ses doigts pendant plusieurs mois et cela la dégoûtait. Puis, un jour, elle est partie en voyage et à son retour, elle avait cette main-fourchette.

– Vous devriez abandonner le concours, suggère Farina, qui a peur pour Monsieur Perroquet.

Il n'en fallait pas davantage pour que la fée bondisse sur ses pieds, plaque sa main droite sur son cœur et lève la fourchette d'un air solennel.

– NON ! Car, MOI, je n'ai PAS PEUR de me salir les mains pour écarter une fourchette de mon chemin !

CHAPITRE 3
L'arroseuse arrosée

Nous sommes présentement à Fourbiville. En réalité, dans la ruelle de La Passoire. En fait, dans la maison de la fée Fourchette. Plus précisément, dans la salle des tortures, où se trouve Monsieur Perroquet, qui, lui, se fait torturer...

– Viens ici, mon pit-pit ! appelle la fée essoufflée, qui essaie d'attraper l'oiseau depuis trente minutes et quart. Dis-moi ce que mijote Bidule pour le concours et je te donnerai une pointe de tarte, d'accord ?

Perché sur une armoire, Monsieur Perroquet hésite. Il est bouleversé et n'a pas mangé depuis des heures. L'idée de la tarte le tente beaucoup.

– Rrrah, je ne dirai rien, je ne sais rien… mais J'AI FAIM! finit-il par crier en allant se poser sur la table, près de sa tortionnaire.

– Très bien, répond la fée avec un sourire malicieux. Goûte, tu m'en donneras des nouvelles.

Monsieur Perroquet mange une première pointe. Puis, une autre. Et encore une autre. ⚘ Attention: les émotions fortes creusent souvent l'appétit et peuvent vous faire engraisser inutilement. ⚘

Pauvre Monsieur Perroquet, il s'est fait piéger. La tarte «recette spéciale Fourchette» lui fait PERDRE SES PLUMES! L'oiseau s'affole en voyant

tomber son magnifique plumage à ses pieds, telle une chute de feuilles automnale. Fourchette en profite alors pour saisir la bête et la ligoter à une planche à repasser murale.

– HA, HA, HA! Je te tiens, mon pit-pit! ricane-t-elle en faisant miroiter sa main-fourchette dans un rayon de soleil.

Avec lenteur, elle fixe quelques plumes de l'oiseau sur chacune des dents de sa main-fourchette. Puis, elle se lance dans une séance de chatouille extrême.

– Guili-guili-guili, HA, HA, HA!

Son rire diabolique résonne dans la pièce. Le supplice dure encore et encore, jusqu'à ce que...

– ARRRÊTEZ, coquin, je dirai tout! crie finalement l'oiseau en riant de désespoir.

– Enfin! jubile la fée. Parle, je t'écoute.

Le perroquet prend une longue inspiration et commence à jacasser comme un moulin à paroles. 🪶 Pour rendre ce passage plus drôle, essayez de dire la phrase suivante le plus rapidement possible, sans vous arrêter et sans vous évanouir. 🪶

– La-fée-Fourchette-n'est-pas-très-chouette-et-son-chignon-sent-le-chiffon-son-nez-s'allonge-comme-une-trompette-elle-a-un-air-grognon-gnon-gnon!

– SUFFIT! coupe la fée en furie. Dis-moi quel est le secret des bidules loufoques de ta maîtresse?

– J'ai la gorrrge sèche. À BOIRE! commande l'oiseau, qui vient d'avoir une idée.

La fée est médusée par l'arrogance de son otage. Pour se calmer un peu, elle accepte de le désaltérer. Puisqu'il est toujours attaché, elle le fait boire elle-même. L'oiseau prend une bonne gorgée d'eau sans toutefois l'avaler. Puis, il ouvre le bec et bascule la tête vers l'arrière. Il amorce un concert buccal fort impressionnant en faisant rouler l'eau au fond de son gosier.

– Ra-re-ri-ro-rrrrrrou, gla-gle-gli-glou-glou!

L'effet est instantané. C'est la goutte d'eau qui fait déborder le vase. Comme une tigresse, Fourchette bondit sur l'oiseau moqueur et lui enserre le cou de sa main gauche. Mauvaise idée, car cela provoque l'expulsion rapide de tout le glou-glou au visage de la fée!

– Ce perroquet va me rendre maboule! hurle-t-elle, le visage dégoulinant et rouge de colère.

Le volatile poursuit sa manœuvre de la «tortionnaire torturée» en jouant au gentil perroquet qui répète.

– Ce perroquet va me rrrendre maboule! répète-t-il une première fois.

– Quoi? répond Fourchette, qui a compris son stratagème. Tu veux faire le malin?

– Quoi? Tu veux fairrre le malin? continue la bête.

– Alors, répète ceci: je suis un stupide perroquet!

Monsieur Perroquet fait semblant de réfléchir quelques secondes. Puis...

– Rrrépète ceci: je suis une stupide Fourchette qui pète et qui répète!!!

Fourchette fulmine et quitte la pièce sans oser ajouter un seul mot. Puis, elle revient trois minutes et quart plus tard.

– Puisque tu ne veux rien dire, j'irai moi-même voir ce que ta petite fée prépare. Comment me trouves-tu ?

Monsieur Perroquet reste muet de surprise. Fourchette parade devant lui affublée d'un costume veston-cravate gris et d'une moustache noire.

– Ça te ferme le cui-cui, hein ? déclare-t-elle, heureuse de l'effet produit. Je suis M. Zakarien, vendeur d'aspirateurs, HA, HA, HA ! Bidule doit bien avoir un peu de poussière dans son atelier... J'en profiterai pour jeter un œil à sa création.

Avant de partir, elle lui enfonce le reste de la tarte au fond du bec. L'oiseau réagit aussitôt. Il pince avec force les doigts de la fée.

– Aïe !!! Mon doigt ! Je vais le dire à ma maman ! sanglote-t-elle comme un bébé.

Elle sort en claquant la porte si fortement que les vibrations produites font dégringoler la planche à repasser, libérant ainsi son prisonnier ailé.

41

CHAPITRE 4
Dong ding!

Nous sommes présentement dans la rue Trucmuche. En réalité, devant la porte de l'appartement de la fée Bidule. En fait, derrière la fausse moustache de la fée Fourchette, qui, elle, rit dans sa barbe à l'idée de jouer aux espionnes...

Fourchette appuie sur la sonnette. DONG DING! Elle entend des pas s'approcher.

– Bonjour! dit Farina, en ouvrant la porte.

– Bonjour, petite, commence Fourchette en prenant une grosse voix moustachue. Je m'appelle M. Zakarien et je vends des aspirateurs. Est-ce que ta maman est là ?

– Non. Je suis en visite chez mon amie, la fée Bidule. Mais elle n'est pas là.

Fourchette sourit. « Ce sera plus facile sans la Bidule dans les pattes », pense-t-elle.

– En attendant qu'elle revienne, peux-tu me faire visiter l'appartement ?

– Euh… hésite la fillette.

– Comme le dit le dicton : qui laisse entrer un vendeur d'aspirateurs, aspire à une vie meilleure ! récite la fée en s'engouffrant à l'intérieur. Montre-moi la pièce qui a le plus besoin d'un bon ménage.

Sans se douter de quoi que ce soit, Farina conduit le faux vendeur à l'atelier. Au centre de la pièce, l'œuvre inachevée de Bidule attire le regard : une sculpture composée d'un tronc de poupée sans bras dont la tête est couverte de bigoudis et de moineaux de badminton à plumes. Fourchette devient alors très curieuse.

– Comme c'est joli! Qu'est-ce que c'est? À quoi ça sert? Comment ça fonctionne?

En toute innocence, la fillette répond aux questions avec plaisir.

– C'est l'œuvre d'art que fabrique la fée Bidule pour le concours : la Vénus-de-plumeau-à-bigoudis-bibelidou-dou-dou modifiée. C'est pour rendre les gens heureux.

– Impressionnant ! clame la fée, en souriant si largement que sa fausse moustache tombe à ses pieds. Ça fonctionne déjà, ma moustache en saute de joie !

Mal à l'aise, Fourchette met en marche sa machine et aspire avec frénésie à droite et à gauche. Tout y passe : cloche de vache, pot de gouache et grosse moustache !

– Voilà, c'est terminé ! annonce-t-elle, en baissant la tête de peur d'être reconnue.

– Mais… il reste beaucoup de poussière, intervient Farina.

– Oui, mais… bafouille la fée. Justement, il y a TROP de poussière. Mes allergies me reprennent. Aaaapitchoum… et au revoir !

Farina n'a pas le temps de dire «pouf», la fée est déjà dehors.

* * *

Trois instants et quart plus tard, Bidule revient.

– Farina, je suis de retour ! crie-t-elle en se laissant tomber dans son hamac.

La jeune fille accourt, anxieuse de savoir si la fée a retrouvé son oiseau.

– Et alors ? questionne-t-elle.

– Rien, répond Bidule, chagrinée. J'ai contacté la fée Boussole, mais elle m'a informée que Fourchette a une adresse secrète qu'elle ne peut révéler qu'à son coiffeur.

Farina s'apprête à faire part de la visite du vendeur d'aspirateurs lorsqu'un cri provenant de la cuisine l'en empêche. Bidule et Farina s'y précipitent. Bidule ouvre la fenêtre et voit son oiseau gisant sur la pelouse.

– MONSIEUR PERROQUET!!! s'écrie-t-elle.

Elle prend son assistant dans ses bras. L'oiseau est méconnaissable. À demi nu, il a des allures de poulet prêt pour la casserole. Malgré sa grande fatigue, l'oiseau raconte sa visite chez la fée Fourchette et la « délicieuse » tarte qu'il a mangée.

– J'ai rrréussi à m'échapper en volant à pied ! Et je n'ai rien révélé sur votre œuvre d'art pour le concourrrs, roucoule-t-il fièrement.

– Mais bien sûr, dit Bidule en caressant son dos déplumé, puisque vous n'aviez rien vu. Mon pauvre assistant, vous ne pourrez pas voler pendant quelque temps, mais vous avez été fantastique !

– Rrrah, ce n'est pas tout. Fourchette doit venir ici pour vous espionner. Elle s'est déguisée en vendeur d'aspirateurs. Vite, fermez les écoutilles, lancez les torpilles, donnez-moi mes pastilles !!!

À bout de forces, l'oiseau s'évanouit. Bidule le transporte jusque dans la sécheuse, son endroit préféré pour se reposer. Elle revient vers Farina.

– Bibelidou, quelle histoire! Farina, nous allons tendre un piège à Fourchette et lui...

Bidule s'interrompt. Le visage de Farina est pâle comme du lait 1%. Le lait 1% est encore plus pâle que le lait 2%.

– Farina, vous vous sentez bien?

En entendant Monsieur Perroquet parler du vendeur d'aspirateurs, Farina a tout compris: vendeur = fée Fourchette et Farina = bla-bla-bla. Donc, si Farina bla-bla-bla = révélation du secret du bidule, alors, fée Fourchette = gagnante et Bidule = perdante très fâchée. Je vous invite à faire un diagramme mathématico-linguistique afin de bien comprendre ce passage important. Trop embarrassée, la fillette n'ose rien dire à Bidule.

– Je... je... dois partir, bredouille-t-elle en se défilant. Je suis allergique à la poussière !

CHAPITRE 5
Le grand jour

Nous sommes présentement dans la rue Trucmuche. Plus précisément, dans l'atelier de la fée Bidule, qui, elle, est au téléphone avec son amie...

– Farina ? Ici la fée Bidule. J'aurais besoin de votre aide pour terminer mon œuvre d'art.

– Euh... commence la fillette, embarrassée, je ne peux pas. Je dois... passer l'aspirateur dans la baignoire !
✒ Si jamais il vous arrive de ne pas vouloir dire la vérité, évitez les excuses aussi farfelues ! ✒

– Écoutez, Farina, je...

CLAC! Farina a raccroché. Bidule ne comprend pas ce qui arrive à sa jeune amie. Depuis le retour de Monsieur Perroquet, elle ne vient plus lui rendre visite. Peut-être craint-elle l'arrivée de la fée Fourchette? Pourtant, aucun faux vendeur d'aspirateurs ne s'est présenté chez Bidule. D'ailleurs, la fée commence à croire que Monsieur Perroquet, traumatisé par sa capture, a inventé toute cette histoire.

* * *

Le grand jour arrive enfin. Bidule a complété son chef-d'œuvre. Elle prend la route en direction du parc Montplaisir, accompagnée par Monsieur Perroquet. En attendant que ses plumes repoussent, la fée lui a fabriqué une cape en laine bien chaude. Ainsi vêtu, l'oiseau se prend pour un valeureux chevalier. Bidule déambule dans la foule, sa création dissimulée dans une valise. Elle croise plusieurs fées des quartiers avoisinants. Soudain, une meute d'enfants curieux et remplis d'énergie se jettent sur Bidule. Bien qu'elle soit moins populaire que la fée des Congés, ils apprécient sa joie de vivre et son sens du désordre.

– Fée Bidule, qu'allez-vous présenter, cette année?

– Avez-vous utilisé cette vieille baignoire que mon père a mise aux poubelles?

– Fée Bidule, pourquoi avez-vous de grands pieds ?

La fée n'a pas le temps de répondre. Déjà, on annonce le début du concours.

– ATTENTION ! Nous invitons toutes les fées à se rendre à la tente numéro 3 avec leur œuvre d'art, claironne une voix au micro.

Bidule et Monsieur Perroquet réussissent à se frayer un chemin jusqu'à la tente. Tout à coup, quelqu'un tire la manche de Bidule. Elle croit que c'est un autre enfant curieux et rempli d'énergie.

– Qu'y a-t-il... Farina ! s'exclame la fée en voyant son amie.

– Fée Bidule, il FAUT que je vous parle… dit la fillette.

– Je n'ai pas le temps, répond la fée pressée. D'abord la création, ensuite, la conversation !

Bidule disparaît dans la foule. Farina reste derrière, déconfite. Elle n'en peut plus de garder son secret à propos de la fée Fourchette. Elle décide donc de suivre son amie et d'essayer à nouveau de lui parler.

* * *

De son côté, la terrible fée Fourchette a aussi complété son œuvre. Ou plutôt, son « plagiat d'œuvre ». Dès son arrivée au parc Montplaisir, elle se dirige vers madame Jolivent, l'organisatrice des festivités.

– Ah ! Madame Jolivent, comment allez-vous ? dit-elle à la dame qui porte un immense chapeau couvert de véritables marguerites.

– Ah! Fée Fourchette, très bien merci, et vous?

Les deux femmes se font la bise.

– Êtes-vous prête pour le concours? demande madame Jolivent.

– Oui, mais un petit détail m'ennuie.

– Quoi donc, dites-moi?

– Loin de moi l'idée de vous influencer, mais... commence-t-elle en feignant l'hésitation. Serait-il possible que je passe la première? Je dois partir rapidement après ma présentation pour aller récupérer mon perroquet chez le nettoyeur.

La petite dame perd son sourire.

– C'est embêtant, en effet. Vous savez que l'ordre de présentation est déterminé au hasard. Il m'est impossible...

– Et si je vous disais, coupe la fée avec un sourire mielleux, que j'ai ici, pour vous, ma célèbre tarte aux poires et au sirop d'érable...?

Les joues de madame Jolivent s'empourprent aussitôt. Tandis que ses yeux se ferment, ses narines s'ouvrent toutes grandes comme deux portes automatiques de supermarché.

– Bien sûr... euh... je..., balbutie-t-elle. Je m'occupe du hasard!

Elle attrape la tarte et se sauve vers la tente numéro 3.

* * *

C'est l'heure. Madame Jolivent monte sur l'estrade installée dans la tente pour l'occasion. Elle s'adresse à un public enthousiaste.

– Mesdames et messieurs, bonjour et bienvenue à la 13e édition du concours d'œuvres d'art de Fourbiville, débute-t-elle d'une voix forte. Cette année encore, je suis sûre que nos fées de quartier sauront nous éblouir!

Les spectateurs acquiescent par des cris et des applaudisse- ments spontanés.

– Laissez-moi maintenant vous présenter les membres du jury. D'abord, monsieur Boulanger, boucher à Fourbiville depuis 53 ans. Ainsi que madame Mac Bridge, retraitée depuis trois ans et quart.

Une autre clameur s'élève. Madame Jolivent fait un geste de la main pour faire taire l'assistance.

– Pour terminer, dit-elle en sortant un papier de sa poche, voici l'ordre de présentation déterminé par tirage au sort.

Nerveuse, elle essuie quelques miettes de tarte restées collées à ses lèvres.

– Fée Fourchette, première. Fée des Congés, deuxième. Fée des Parcomètres, troisième. Fée de la Chance, quatrième et fée Bidule, dernière. La présentation commencera dans 13 minutes. Bonne chance à toutes !

Dans la foule, Farina panique. C'est la catastrophe! Si Bidule présente son œuvre la dernière, on l'accusera d'avoir copié la fée Fourchette. Elle doit tout dire à son amie. La fillette s'avance et retrouve Bidule assise à droite de la scène.

– Psssit! Fée Bidule... chuchote-t-elle.

Bidule se retourne, surprise.

– Farina? Bibelidou, qu'y a-t-il de si urgent?

– Je dois vous parler avant que le concours commence.

Elles sortent à l'extérieur. Imaginez la scène suivante comme un film muet des années 1920, c'est-à-dire sans paroles, vitesse accélérée et expressions faciales exagérées. Bidule se penche et prend Farina par les épaules. Farina baisse la tête et avoue sa bévue. Plus la fillette parle, plus le visage de la fée devient transparent comme du lait écrémé.

 Faites un test comparatif entre les trois variétés de lait mentionnées dans l'histoire, du plus pâle au plus foncé. Pour récompenser vos efforts, buvez un bon verre de lait au chocolat.  Monsieur Perroquet entend tout et piaffe de colère. Farina se met à pleurer. Bidule console la fillette. Soudain, le chevalier déplumé se retourne en faisant tournoyer sa cape et s'écrie :

– Au saborrrdage !

Porté par le vent de la vengeance, l'oiseau marche vers la tente.

Fourchette contre fourchette

Nous sommes présentement au parc Montplaisir. En réalité, dans la tente numéro 3. En fait, nous suivons Monsieur Perroquet, qui, lui, suit son instinct...

Monsieur Perroquet entre dans la tente. Il avance. De temps à autre, il soulève la cape pour repérer sa position. Il se dirige vers la section

réservée aux fées. Tout à coup, il met la patte sur quelque chose de piquant. Horreur! Une fourchette! L'oiseau est encore traumatisé, mais l'ustensile peut être utile… Il la glisse sous son aile droite et poursuit sa marche. Il trouve enfin ce qu'il cherche: la boîte contenant l'œuvre d'art de la fée Fourchette. Il s'introduit à l'intérieur. Trois minutes et quart plus tard, la fée Fourchette monte sur scène et prend la parole.

– Bonjour à tous! C'est un grand honneur pour moi de vous présenter ma toute récente œuvre d'art. C'est une pièce UNIQUE qui m'a demandé de longs mois de travail, ment-elle avec le sourire. Voici la Fourchette-Wouptidou-trafiquée-à-la-mode-de-chez-nous.

Avec fierté, Fourchette dévoile son œuvre et attend les applaudissements… qui ne viennent pas. Les spectateurs laissent échapper un cri d'indignation en voyant apparaître cette chose qu'on ne saurait appeler une œuvre d'art. Quelle laideur! Monsieur Perroquet a bien travaillé. À coups de fourchette, il a détruit tout ce qu'il pouvait. L'oiseau a même poussé l'audace jusqu'à prendre place au centre de l'œuvre.

– TOI? Que fais-tu ici? s'écrie la fée en le voyant. Tu ne m'échapperas pas deux fois, poulet des Caraïbes! ajoute-t-elle en le menaçant de sa main piquante.

– Fourrchette à tarte! réplique l'animal en défiant la fée de sa propre fourchette.

Un épineux combat s'amorce alors: Fourchette contre fourchette. Monsieur Perroquet, tel un preux chevalier, manie son arme de main de maître. PIC! PIC! Et REPIC! Étrangement, la foule se met à frapper des mains et à crier, comme si on lui avait jeté un sort.

– Monsieur Perroquet, NON! rugit Bidule, qui vient tout juste d'entrer dans la tente avec Farina.

Bidule court vers la scène. Malheureusement, elle trébuche sur le sac à main de madame Jolivent. Celle-ci accourt, non pas pour aider Bidule, mais pour lui faire des remontrances.

– Faites donc attention, regardez où vous mettez vos grands pieds!

Bidule reste bouche bée. Jamais madame Jolivent n'a été impolie avec elle. Que lui arrive-t-il ? Soudain, la fée aperçoit madame Mac Bridge qui houspille monsieur Boulanger parce qu'il n'intervient pas dans la bagarre.

– Faites quelque chose, vieux grincheux, êtes-vous un boucher ou une tranche de jambon ?

Bidule n'en croit pas ses yeux : c'est maintenant au tour des fées de se chamailler en se pinçant les joues ! Quel est cet étrange parfum de colère qui flotte dans la tente ? Seraient-ce les effets du sabotage de Monsieur Perroquet sur le bidule de la fée Fourchette ? Même Farina gronde comme un gorille colérique.

– Ne restez pas plantée là à me regarder avec des yeux de patate ! crie la fillette par-dessus le brouhaha. Utilisez votre bidule pour que tout le monde retrouve la bonne humeur !

– Bibelidou, excellente idée, gros sac de farine! rétorque Bidule, elle aussi atteinte par le V3TC1. (Le Virus de type 3 de la Terrible Colère.)

Bidule installe son œuvre à l'écart. Au moment de l'actionner, un petit doute s'insinue en elle. «Je n'ai pas eu le temps de tester mon bidule et je me demande si je devrais l'essayer maintenant». Tout à coup, madame Jolivent se dirige vers elle d'un pas de taureau enragé; la fumée lui sort par les oreilles, le nez et les sourcils.

– Ah, vous êtes là, fée Bidule! Vous préparez encore un mauvais coup? tempête-t-elle en la mitraillant avec les marguerites de son chapeau.

Prêt, pas prêt, il faut y aller!

– UN BIDULE DE RÉUSSI, DIX DE RATÉS! hurle Bidule en fermant les yeux et en enfonçant trois plumes dans l'oreille gauche de la poupée.

Trois secondes et quart de suspens…
Le bidule de la fée Bidule va-t-il vraiment
fonctionner sans encombre ? Ou une
nouvelle catastrophe mémorable nous
pend-elle au bout du nez ? ✽ Faites
un vote rapide à main levée dans votre
classe. Invitez tous ceux qui ont deviné
juste à exécuter une danse du bibelidou
à la prochaine récréation. ✽

Soudain… Les rires fusent de toute
part dans la tente. BIDULE A RÉUSSI !
Les fées se font des câlins d'ours
polaire ! Madame Jolivent effeuille

sa dernière marguerite en faisant les yeux doux à monsieur Boulanger! Madame Mac Bridge offre des pastilles de menthe anglaise à tous les enfants! Quelle joie, quel bonheur, quel... NON! EST-CE POSSIBLE? Tendez l'oreille. Entendez-vous le cliquetiquetic, PIC? Sur l'estrade, Monsieur Perroquet et la fée Fourchette s'affrontent toujours!

Le chignon en bataille et l'œil mauvais, Fourchette lutte sans relâche. À bout de forces, Monsieur Perroquet saute en bas de la scène.

– Ici, Monsieur Perroquet, venez me rejoindre! s'écrie Bidule.

– Attends, je n'en ai pas fini avec toi! grogne Fourchette en se lançant à sa poursuite.

Monsieur Perroquet court à toutes pattes. Soudain, STONG! Sa fourchette se plante dans le sol. Comme un

athlète olympique de saut à la perche, il est projeté dans les airs. ZIOUM!

– Rrrah, ENFIN, JE VOLE!

– ATTENTIOOOON!!! crie Bidule en voyant qu'il se dirige tout droit sur son œuvre.

Trop tard! Le perroquet s'écrase sur la sculpture, créant ainsi une fin digne des contes de fées.

CHAPITRE 7

Zzzzzz...

Nous sommes présentement à Fourbiville. En réalité, au parc Montplaisir. En fait, nous sommes dans le silence total...

Oui, le silence règne partout. En tombant sur le bidule artistique de sa maîtresse, Monsieur Perroquet n'imaginait pas qu'un étrange bouleversement allait se produire : Fourbiville baigne dans un profond sommeil ! À l'épicerie, au cinéma, à l'école, tous les habitants dorment à poings fermés. Incroyable, me direz-vous ? Pas lorsqu'on côtoie les fées, les bidules magiques et les perroquets myopes.

Depuis trois jours et quart, le temps est suspendu à Fourbiville. Plus rien ne bouge. Monsieur Perroquet rêve dans les bras de sa bienheureuse fée adorée.

Mais soudain...

CLAC, CLAC, CLAC!

Des pas sur le trottoir. Une personne marche sur le bitume brûlant. Qui est-ce? Un prince charmant, un cavalier errant, un cow-boy aux belles dents? QUI sortira Fourbiville de sa torpeur?

À vous de le découvrir dans la prochaine aventure de la fée Bidule! Attention : ne tombez pas endormis, vous aussi !

Hourra, youpi, bibelidou !

MOT DE L'AUTEURE

Aimez-vous les concours? Quand j'étais petite, j'aimais participer à toutes sortes de concours. Je remplissais avec soin les coupons de participation et j'attendais, le cœur rempli d'espoir, qu'on me téléphone pour me dire que j'avais gagné ou, encore plus merveilleux, j'espérais qu'on m'envoie par la poste le frisbee, la casquette ou le chandail tant
convoité! Ce qui n'est jamais arrivé. Les concours qui m'ont valu des prix furent ceux qui exigeaient plus qu'un coupon bien rempli... Je me souviens d'un prix qui m'a ravie. Il s'agissait d'un deuxième ou troisième prix, je ne sais plus trop, à un concours de costumes d'Halloween de mon école. Je m'étais fabriqué une énorme tête en carton garnie de languettes de papier journal frisées, inspirée par un de mes fabuleux livres de bricolage que ma mère m'avait offerts. J'ai aussi gagné un prix à un concours de dessin pour le magasin Paquet, prix qui m'a valu la jolie somme de... cinq dollars (une fortune à l'époque). J'étais très étonnée par ce prix, car je trouvais que mon dessin (un arbre et un soleil) n'était pas digne de mention, mais j'ai quand même gardé les cinq dollars! Cependant, je dois dire que le prix dont j'ai été la plus fière est certainement celui qu'on m'a offert pour ma participation à un concours de contes de Noël. Et quel était ce prix? L'immense bonheur de voir mon conte publié dans les pages du journal *Le Soleil* alors que j'avais 9 ou 10 ans...

MOT DE L'ILLUSTRATEUR

Je me sens comme Monsieur Perroquet. Illustrer, c'est comme faire un grand voyage dans l'imaginaire de l'auteur. Quand je pars avec le manuscrit de Marie-Hélène aux pattes, j'ignore où cela va me mener. Surtout quand la fée Fourchette me jette de mauvais sorts. Tout a commencé le jour où j'ai perdu mon vieux papa chéri. Vous ignorez  comment la fée Fourchette a ri de moi. Elle a été vraiment méchante ! J'ai eu beaucoup de mal à m'en remettre. J'ai pris aussi beaucoup de retard dans mes travaux. En plus, j'avais foncé tête première dans un projet d'envergure. Fée Fourchette riait dans son coin. Elle était l'éditrice et m'a fait recommencer plein d'illustrations. Et ce n'était pas assez drôle pour elle. Elle m'a toussé en pleine figure. Même par le combiné du téléphone, j'ai contracté la grippe AH1N1... Ensuite, elle s'est déguisée en vendeuse de tisanes. Elle m'a vendu un élixir « rattrape-retard ». J'ai eu la grattelle. Je me suis tellement gratté que j'ai eu deux tendinites aux coudes. Plus moyen de dessiner en douceur. C'est en observant Grobétail, mon poisson rouge devenu blanc, que j'ai compris ce qui m'arrivait. Fée Fourchette empêchait la sortie du livre. Madame la fée déteste qu'on parle d'elle comme d'une mauvaise fée. J'ai dû me cacher pour terminer les illustrations. Comme Monsieur Perroquet, il me manque quelques plumes...

Série Virginie Vanelli

Auteur : Alain M. Bergeron
Illustratrice : Geneviève Couture

1. La clé des songes
2. La patinoire de rêve
3. La dangereuse fausse balle
4. L'étoile tombée du ciel
5. Tout à l'envers !

www.rireauxetoiles.ca

Série La fée Bidule

Auteure : Marie-Hélène Vézina
Illustrateur : Bruno St-Aubin

1. Méo en perd ses mots
2. Un boulanger dans le pétrin
3. À l'eau, les superhéros !
4. SOS, fée en détresse !
5. Une fourchette dans les pattes

www.rireauxetoiles.ca

Recyclé
Contribue à l'utilisation responsable
des ressources forestières
www.fsc.org Cert no. SGS-COC-003153
© 1996 Forest Stewardship Council

MARQUIS

Marquis imprimeur inc.

Québec, Canada

2010

Imprimé sur du papier Silva Enviro 100% postconsommation
traité sans chlore, accrédité Éco-Logo et fait à partir de biogaz.

certifié

procédé
sans
chlore

100 % post-
consommation

PERMANENT
archives
permanentes

BIO GAZ
ÉNERGIE
énergie
biogaz